再别康桥

徐志摩经典诗集

徐志摩 ◎ 著

国际文化出版公司

·北京·

图书在版编目（CIP）数据

再别康桥：徐志摩经典诗集 / 徐志摩著 . -- 北京：
国际文化出版公司 , 2017.8
ISBN 978-7-5125-0957-3

Ⅰ . ①再… Ⅱ . ①徐… Ⅲ . ①诗集－中国－现代
Ⅳ . ① I226

中国版本图书馆 CIP 数据核字（2017）第 123461 号

再别康桥：徐志摩经典诗集

作　　者	徐志摩	
责任编辑	戴　婕	
策　　划	滑　志	
封面设计	国国設計	
出版发行	国际文化出版公司	
经　　销	全国新华书店	
印　　刷	三河市天润建兴印务有限公司	
开　　本	880 毫米 × 1230 毫米	32 开
	7 印张	126 千字
版　　次	2017 年 8 月第 1 版	
	2017 年 8 月第 1 次印刷	
书　　号	ISBN 978-7-5125-0957-3	
定　　价	32.80 元	

国际文化出版公司
北京朝阳区东土城路乙 9 号　　　邮编：100013
总编室：（010）64271551　　　传真：（010）64271578
销售热线：（010）64271187
传真：（010）64271187-800
E-mail：icpc@95777.sina.net
http://www.sinoread.com

我是一个信仰感情的人。

——徐志摩

徐志摩（1897~1931）

志达一兄鉴：

你来示千万要写裹实那一千字，别志一走上去说着起的话了。"志摩爱你最来秋的事情，郭阔初的，永远要我奉你的心，他要你邶爱方化铜的的话，在这流动的生死把这一年鲜，任凭秋风吹去雪满园日意来，任凭的婚姻烛千年的死陛生，就使有二天释处云翔了宇宙，——也实石翔你我爱鹃满的的自由！

志摩

徐志摩手稿

目　录

志摩和他的诗

徐志摩（1897~1931），现代诗人、散文家。原名章垿，字槱森，后改名志摩。徐志摩出生于浙江海宁，祖上世代经商，家境优渥。徐志摩自幼天资甚高，喜好文学。成年后先后就读于上海沪江大学、天津北洋大学和北京大学，并拜梁启超为师。在北方求学时期，他目睹了军阀混战、民不聊生的景象，于是决定出国深造，去西方寻求改变中国的良方，实行他心中"理想的革命"。

1918 年，徐志摩赴美国克拉克大学学习银行学，1921 年赴英国留学，作为特别生入剑桥大学，研究政治经济学。在剑桥的两年，徐志摩接受了贵族式的教育，他结交西方名士，纵览名家名作，并深深被欧美浪漫主义和唯美派诗人所吸引。这一时期使他建立了理想主义的人生观，并激起了他创作诗歌的欲望。

　　1922 年回国后，徐志摩开始在报刊上发表诗作，于次年成立新月社，后又与胡适、陈西滢等创办了《现代评论》周刊，并在北京大学担任教授。印度诗人泰戈尔访华时徐志摩全程陪同并任翻译。1925 年徐志摩再赴欧洲，游历了苏、德、意、法等国。1926 年徐志摩在北京主编《晨报》副刊《诗镌》，与闻一多、朱湘等人开展了新诗格律化运动，影响了中国新诗和艺术的发展。同年，徐志摩移居上海，并在光华大学、大夏大学和南京中央大学担任教授。

　　1925 至 1926 年是徐志摩创作的高峰期，出版了他最富盛名的诗集《志摩的诗》《翡冷翠的一夜》和散文集《巴黎的鳞爪》《自剖》《落叶》。这时期的诗作，大多都表现了徐志摩对于黑暗封建势力的不满，洋溢着火热的激情，但同时也流露出享乐主义的生活态度，表现了诗人浪漫的性格。

　　1931 年 11 月 19 日，徐志摩乘坐中国航空公司"济南"号飞机由南京飞往北平。飞机上除了邮件之外，只有徐志摩一位乘客。开始天气甚佳，不料在济南党家庄一带忽遇大雾，飞机师为寻觅航线，降低飞行高度，不慎撞到开山山顶，致使机身起火，坠落于山脚，一颗在诗坛初绽光芒的明星就此陨落。

　　徐志摩的诗字句清新，韵律优美，比喻新奇，神思飘逸，具有鲜明的艺术个性，在中国诗坛独树一帜。如今在剑桥大学的草坪上，立着这样一块白色的大理石碑，上面镌刻着"轻轻的我走了，正如我轻轻的来。我挥一挥衣袖，不带走一片云彩。"这句广为国人熟知的诗句，正是徐志摩一生的写照，也寄托着国人对这位诗人的缅怀之情。

本版《再别康桥》的审校以1983年商务印书馆香港分馆出版的《徐志摩全集·志摩的诗》为底本。

由于年代的关系，作者在行文中的很多用法带有汉语由古文向白话文转变的痕迹。例如"底"和"的"的通用，"那"和"哪"的通用等等。为了尊重原著者、保持原作原貌，编者并未对这些表述进行改动，希望以此保留当时的时代痕迹与特色。

雪花的快乐

假如我是一朵雪花，

翩翩的在半空里潇洒，

我一定认清我的方向——

飞扬，飞扬，飞扬，——

这地面上有我的方向。

不去那冷寞的幽谷，

不去那凄清的山麓，

也不上荒街去惆怅——

飞扬，飞扬，飞扬，——

你看，我有我的方向！

在半空里娟娟的飞舞，
认明了那清幽的住处，
　等着她来花园里探望——
　飞扬，飞扬，飞扬，——
啊，她身上有朱砂梅的清香！

那时我凭借我的身轻，
盈盈的，沾住了她的衣襟，
　贴近她柔波似的心胸——
　消溶，消溶，消溶——
溶入了她柔波似的心胸！

沙扬娜拉（赠日本女郎）

最是那一低头的温柔，
　　像一朵水莲花不胜凉风的娇羞，
道一声珍重，道一声珍重，
　　那一声珍重里有蜜甜的忧愁。
　　　沙扬娜拉！

去　罢

去罢，人间，去罢！
　我独立在高山的峰上；
去罢，人间，去罢！
　我面对着无极的穹苍。

去罢，青年，去罢！
　与幽谷的香草同埋；
去罢，青年，去罢！
　悲哀付与暮天的群鸦。

去罢，梦乡，去罢！
　我把幻景的玉杯摔破；

去罢，梦乡，去罢！
我笑受山风与海涛之贺。

去罢，种种，去罢！
当前有插天的高峰；
去罢，一切，去罢！
当前有无穷的无穷！

为要寻一个明星

我骑着一匹拐腿的瞎马，
　　向着黑夜里加鞭；——
　　向着黑夜里加鞭，
我跨着一匹拐腿的瞎马。

我冲入这黑绵绵的昏夜，
　　为要寻一颗明星；——
　　为要寻一颗明星，
我冲入这黑茫茫的荒野。

累坏了，累坏了我胯下的牲口，
　　那明星还不出现；——

那明星还不出现，
累坏了，累坏了马鞍上的身手。

这回天上透出了水晶似的光明，
　荒野里倒着一只牲口，
　黑夜里躺着一具尸首。——
这回天上透出了水晶似的光明！

月下雷峰影片

我送你一个雷峰塔影，

　　满天稠密的黑云与白云；

我送你一个雷峰塔顶，

　　明月泻影在眠熟的波心。

深深的黑夜，依依的塔影，

　　团团的月彩，纤纤的波鳞——

假如你我荡一支无遮的小艇，

　　假如你我创一个完全的梦境！

沪杭车中

匆匆匆！催催催！
一卷烟，一片山，几点云影，
一道水，一条桥，一支橹声，
一林松，一丛竹，红叶纷纷；

艳色的田野，艳色的秋景，
梦境似的分明，模糊，消隐——
催催催！是车轮还是光阴？
催老了秋容，催老了人生！

石虎胡同七号

我们的小园庭，有时荡漾着无限温柔：

善笑的藤娘，袒酥怀任团团的柿掌绸缪，

百尺的槐翁，在微风中俯身将棠姑抱搂，

黄狗在篱边，守候睡熟的珀儿，它的小友，

小雀儿新制求婚的艳曲，在媚唱无休——

我们的小园庭，有时荡漾着无限温柔。

我们的小园庭，有时淡描着依稀的梦景；

雨过的苍茫与满庭荫绿，织成无声幽冥，

小蛙独坐在残兰的胸前，听隔院蚓鸣，

一片化不尽的雨云，倦展在老槐树顶，

掠檐前作圆形的舞旋，是蝙蝠，还是蜻蜓？——

我们的小园庭，有时淡描着依稀的梦景。

我们的小园庭，有时轻喟着一声奈何；
奈何在暴雨时，雨槌下捣烂鲜红无数，
奈何在新秋时，未凋的青叶惆怅地辞树，
奈何在深夜里，月儿乘云艇归去，西墙已度，
远巷薤露的乐音，一阵阵被冷风吹过——
我们的小园庭，有时轻喟着一声奈何。

我们的小园庭，有时沉浸在快乐之中；
雨后的黄昏，满院只美荫，清香与凉风，
大量的蹇翁，巨樽在手，蹇足直指天空，
一斤，两斤，杯底喝尽，满怀酒欢，满面酒红，
连珠的笑响中，浮沉着神仙似的酒翁——
我们的小园庭，有时沉浸在快乐之中。

朝雾里的小草花

这岂是偶然，小玲珑的野花！

　　你轻含着鲜露颗颗，

　　怦动的像是慕光明的花蛾，

在黑暗里想念焰彩，晴霞；

我此时在这蔓草丛中过路，

　　无端的内感，惆怅与惊讶，

　　在这迷雾里，在这岩壁下，

思忖着，泪怦怦的，人生与鲜露？

天国的消息

可爱的秋景！无声的落叶，

轻盈的，轻盈的，掉落在这小径，

竹篱内，隐约的，有小儿女的笑声：

呖呖的清音，缭绕着村舍的静谧，

仿佛是幽谷里的小鸟，欢噪着清晨，

驱散了昏夜的晦涩，开始无限光明。

霎那的欢欣，昙花似的涌现，

开豁了我的情绪，忘却了春恋，

人生的惶惑与悲哀，惆怅与短促——

在这稚子的欢笑声里，想见了天国！

晚霞泛滥着金色的枫林，

凉风吹拂着我孤独的身形；

我灵海里啸响着伟大的波涛，

应和更伟大的脉搏，更伟大的灵潮！

在那山道旁

在那山道旁，一天雾濛濛的朝上，
初生的小蓝花在草丛里窥觑，
我送别她归去，与她在此分离，
在青草里飘拂，她的洁白的裙衣。

我不曾开言，她亦不曾告辞，
驻足在山道旁，我暗暗的寻思：
"吐露你的秘密，这不是最好时机？" ——
露湛的小草花，仿佛恼我的迟疑。

为什么迟疑，这是最后的时机，
在这山道旁，在这雾茫的朝上？

收集了勇气，向着她我旋转身去：——
但是啊！为什么她这满眼凄惶？

我咽住了我的话，低下了我的头：
火灼与冰激在我的心胸间回荡，
啊，我认识了我的命运，她的忧愁，——
在这浓雾里，在这凄清的道旁！

在那天朝上，在雾茫茫的山道旁，
新生的小蓝花在草丛里睥睨，
我目送她远去，与她从此分离——
在青草间飘拂，她那洁白的裙衣！

她是睡着了

她是睡着了——
星光下一朵斜欹的白莲，
她入梦境了——
香炉里袅起一缕碧螺烟。

她是眠熟了——
涧泉幽抑了喧响的琴弦；
她在梦乡了——
粉蝶儿，翠蝶儿，翻飞的欢恋。

停匀的呼吸：
清芬渗透了她的周遭的清氛，

有福的清氛，
怀抱着，抚摩着，她纤纤的身形！

奢侈的光阴！
静，沙沙的尽是闪亮的黄金，
　平铺着无垠，
波鳞间轻漾着光艳的小艇。

醉心的光景：
给我披一件彩衣，啜一坛芳醴，
　折一枝藤花，
舞，在葡萄丛中，颠倒，昏迷。

看呀，美丽！
三春的颜色移上了她的香肌，
　是玫瑰，是月季，
是朝阳里的水仙，鲜妍，芳菲！

梦底的幽秘，
挑逗着她的心——纯洁的灵魂，
　像一只蜂儿，

在花心，恣意的唐突——温存。

　童真的梦境！
静默，休教惊断了梦神的殷勤；
　抽一丝金络，
抽一丝银络，抽一丝晚霞的紫曛；

　玉腕与金梭，
织缣似的精审，更番的穿度——
　化生了彩霞，
神阙，安琪儿的歌，安琪儿的舞。

　可爱的梨涡，
解释了处女的梦境的欢喜，
　像一颗露珠，
颤动的，在荷盘中闪耀着晨曦！

康桥再会罢

康桥，再会罢；

我心头盛满了别离的情绪，

你是我难得的知己，我当年

辞别家乡父母，登太平洋去，

（算来一秋二秋，已过了四度春秋，浪迹在

海外，美土欧洲）

扶桑风色，檀香山芭蕉况味，

平波大海，开拓我心胸神意，

如今都变了梦里的山河，

渺茫明灭，在我灵府的底里；

我母亲临别的泪痕，她弱手

向波轮远去送爱儿的巾色，

海风咸味，海鸟依恋的雅意，

尽是我记忆的珍藏，我每次

摩按，总不免心酸泪落，便想

理箧归家，重向母怀中匐伏，

回复我天伦挚爱的幸福；

我每想人生多少跋涉劳苦，

多少牺牲，都只是枉费无补，

我四载奔波，称名求学，毕竟

在知识道上，采得几茎花草，

在真理山中，爬上几个峰腰，

钧天妙乐，曾否闻得？彩红色，

可仍记得？——但我如何能回答？

我但自喜楼高车快的文明，

不曾将我的心灵污抹，今日

我对此古风古色，桥影藻密，

依然能坦胸相见，惺惺惜别。

康桥，再会罢！

你我相知虽迟，然这一年中

我心灵革命的怒潮，尽冲泻

在你妩媚河身的两岸，此后

清风明月夜，当照见我情热

狂溢的旧痕，尚留草底桥边，

明年燕子归来，当记我幽叹

音节，歌吟声息，缦烂的云纹

霞彩，应反映我的思想情感，

此日撒向天空的恋意诗心，

赞颂穆静腾辉的晚景，清晨

富丽的温柔；听！那和缓的钟声

解释了新秋凉绪，旅人别意，

我精魂腾跃，满想化人音波，

震天彻地，弥盖我爱的康桥，

如慈母之于睡儿，缓抱软吻；

康桥！汝永为我精神依恋之乡！

此去身虽万里，梦魂必常绕

汝左右，任地中海疾风东指，

我亦必纡道西回，瞻望颜色；

归家后我母若问海外交好，

我必首数康桥，在温清冬夜

腊梅前，再细辨此日相与况味；

设如我星明有福，素愿竟酬，

则来春花香时节，当复西航，

重来此地，再捡起诗针诗线，

绣我理想生命的鲜花，实现

年来梦境缠绵的销魂足迹，

散香柔韵节，增媚河上风流；

故我别意虽深，我愿望亦密，

昨宵明月照林，我已向倾吐

心胸的蕴积，今晨雨色凄清，

小鸟无欢，难道也为是怅别

情深，累藤长草茂，涕泪交零！

康桥！山中有黄金，天上有明星，

人生至宝是情爱交感，即使

山中金尽，天上星散，同情还

永远是宇宙间不尽的黄金，

不昧的明星；赖你和悦宁静

的环境，和圣洁欢乐的光阴，

我心我智，方始经爬梳洗涤，

灵苗随春草怒生，沐日月光辉，

听自然音乐，哺啜古今不朽

——强半汝亲栽育——的文艺精英；

恍登万丈高峰，猛回头惊见

真善美浩瀚的光华，覆翼在

人道蠕动的下界，朗然照出

生命的经纬脉络，血赤金黄，

尽是爱主恋神的辛勤手绩；

康桥！你岂非是我生命的泉源？

你惠我珍品，数不胜数；最难忘

骞士德顿桥下的星磷坝乐，

弹舞殷勤，我常夜半凭阑干，

倾听牧地黑野中倦牛夜嚼，

水草间鱼跃虫嗤，轻挑静寞；

难忘春阳晚照，泼翻一海纯金，

淹没了寺塔钟楼，长垣短堞，

千百家屋顶烟突，白水青田，

难忘茂林中老树纵横；巨干上

黛薄茶青，却教斜刺的朝霞，

抹上些微胭脂春意，忸怩神色；

难忘七月的黄昏，远树凝寂，

像墨泼的山形，衬出轻柔螟色，

密稠稠，七分鹅黄，三分橘绿，

那妙意只可去秋梦边缘捕捉；

难忘榆荫中深宵清啭的诗禽，

一腔情热，教玫瑰噙泪点首，

满天星环舞幽吟，款住远近

浪漫的梦魂，深深迷恋香境；

难忘村里姑娘的腮红颈白；

难忘屏绣康河的垂柳婆娑，

娜娜的克莱亚，硕美的校友居；

——但我如何能尽数，总之此地

人天妙合，虽微如寸芥残垣，

亦不乏纯美精神：流贯其间，

而此精神，正如宛次宛士所谓

"通我血液，浃我心脏，"有"镇驯

矫饬之功"；我此去虽归乡土，

而临行怫怫，转若离家赴远；

康桥！我故里闻此，能弗怨汝

僭爱，然我自有谠言代汝答付；

我今去了，记好明春新杨梅

上市时节，盼望我含笑归来，

再见罢，我爱的康桥。

一条金色的光痕（硖石土白）

来了一个妇人，一个乡里来的妇人，

穿着一件粗布棉，一条紫棉绸的裙，

一双发肿的脚，一头花白的头发，

慢慢地走上我们前厅的石阶；

手扶着一扇堂窗，她抬起她的头，

望着厅堂上的陈设，颤动着她的牙齿脱尽了的口。

她开口问了：

得罪那，问声点看，

我要来求见徐家格位太太，有点事体……

认真则，格位就是太太，真是老太婆哩，

眼睛赤花，连太太都勿认得哩！

是欧，太太，今朝特为打乡下来欧，

乌青青就出门；田里西北风度来野欧，是欧，

太太，为点事体要来求求太太呀！

太太，我拉埭上，东横头，有个老阿太，

姓李，亲丁末……老早死完哩，伊拉格大官官——

李三官，起先到街上来做长年欧，——早几年成了

　　弱病，田末卖掉，病末始终勿曾好；

格位李家阿太老年格运气真勿好，全靠场头上东帮

　　帮，西讨讨，吃一口白饭，

每年只有一件绝薄欧棉袄靠过冬欧，

上个月听得话李家阿太流火病发，

前夜子西北风起，我野冻得瑟瑟叫抖，

我心里想李家阿太勿晓得哪介哩，

昨日子我一早走到伊屋里，真是罪过！

老阿太已经去哩，冷冰冰欧滚在稻草里，

也勿晓得几时脱气欧，也呒不人晓得！

我也呒不法子，只好去喊拢几个人来，

有人话是饿煞欧，有人话是冻煞欧，

我看一半是老病，西北风野作兴有点欧；——

为此我到街上来，善堂里格位老爷

本里一具棺材，我乘便来求求太太，

做做好事，我晓得太太是顶善心欧，

顶好有旧衣裳本格件把，我还想去

买一刀锭箔；我自己屋里野是滑白欧，

我只有五升米烧顿饭本两个帮忙欧吃，

伊拉抬了材，外加收作，饭总要吃一顿欧，

太太是勿是？……嗳，是欧！嗳，是欧！

喔唷，太太认真好来，真体恤我拉穷人…

格套衣裳正好……喔唷，害太太还要

难为洋钿……喔唷，喔唷……我只得

朝太太磕一个响头，代故世欧谢谢！

喔唷，那末真真多谢，真欧，太太……

太平景象

"卖油条的，来六根——再来六根。"
"要香烟吗，老总们，大英牌，大前门？
多留几包也好，前边什么买卖都不成。"

"这枪好，德国来的，装弹时手顺；"
"我哥有信来，前天，说我妈有病；"
"哼，管得你妈，咱们去打仗要紧。"

"亏得在江南。离着家千里的路程，
要不然我的家里人……唉，管得他们
眼红眼青，咱们吃粮的眼不见为净！"

"说是，这世界！做鬼不幸，活着也不称心；

谁没有家人老小，谁愿意来当兵拼命？"

"可是你个听长官说，打伤了有恤金？"

"我就不稀罕那猫儿哭耗子的恤金！

脑袋就是一个，我就想不透为么要上阵，

砰，砰，打自个儿的弟兄，损己，又不利人。"

"你不见李二哥回来，烂了半个脸，全青？

他说前边稻田里的尸体，简直像牛粪，

全的，残的；死透的，半死的；烂臭、难闻。"

"我说这儿江南人倒懂事，他们死不当兵；

你看这路旁的皮棺，那田里玲珑的亭亭，

草也青，树也青，做鬼也落个清静。"

比不得我们——可不是火车已经开行？ ——

天生是稻田里的牛粪——唉，稻田里的牛粪！

"喂，卖油条的，赶上来，快，我还要六根。"

无 题

原是你的本分，朝山人的胫踝，
这荆刺的伤痛！回看你的来路，
看那草丛乱石间斑斑的血迹，
在暮霭里记认你从来的踪迹！
且缓抚摩你的肢体，你的止境
还远在那白云环拱处的山岭！

无声的暮烟，远从那山麓与林边，
渐渐的潮没了这旷野，这荒天，
你渺小的子影面对这冥盲的前程，
像在怒涛间的轻航失去了南针；
更有那黑夜的恐怖，愫骨的狼嗥，

狐鸣，鹰啸，蔓草间有蝮蛇缠绕！

退后？——昏夜一般的吞蚀血染的来踪，

倒地？——这懦怯的累赘问谁去收容？

前冲？啊，前冲！冲破这黑暗的冥凶，

冲破一切的恐怖，迟疑，畏葸，苦痛，

血淋漓的践踏过三角棱的劲刺，

丛莽中伏兽的利爪，婉蜒的虫豸！

前冲；灵魂的勇是你成功的秘密！

这回你看，在这决心舍命的瞬息，

迷雾已经让路，让给不变的天光，

一弯青玉似的明月在云隙里探望，

依稀窗纱间美人启齿的瓠犀，——

那是灵感的赞许，最恩宠的赠与！

更有那高峰，你那最想望的高峰，

已涌现在当前，莲苞似的玲珑，

在蓝天里，在月华中，浓艳，崇高，

朝山人，这异象便是你跋涉的酬劳！

一星弱火

我独坐在半山的石上，
　　看前峰的白云蒸腾，
一只不知名的小雀，
　　嘲讽着我迷惘的神魂。

白云一饼饼的飞升，
　　化入了辽远的无垠；
但在我逼仄的心头，啊，
　　却凝敛着惨雾与愁云！

皎洁的晨光已经透露，
　　洗净了青屿似的前峰；

像墓墟间的磷光惨淡，

　一星的微焰在我的胸中。

但这惨淡的弱火一星，

　照射着残骸与余烬，

虽则是往迹的嘲讽，

　却绵绵的长随时间进行！

五老峰

不可摇撼的神奇，

　　　不容注视的威严，

这耸峙，这横蟠，

　　　这不可攀援的峻险！

看！那巉岩缺处

　　　透露着天，窈远的苍天，

在无限广博的怀抱间，

　　　这磅礴的伟象显现！

是谁的意境，是谁的想象？

　　　是谁的工程与搏造的手痕？

在这亘古的空灵中

陵慢着天风，天体与天氛！
有时朵朵明媚的彩云，
　　轻颤的，妆缀着老人们的苍鬓，
像一树虬干的古梅在月下
　　吐露了艳色鲜葩的清芬！

山麓前伐木的村童，
　　在山涧的清流中洗濯，呼啸，
认识老人们的嗔鼙，
　　迷雾海沫似的喷涌，铺罩，
淹没了谷内的青林，
　　隔绝了鄱阳的水色袅渺，
陡壁前闪亮着火电，听呀！
　　五老们在渺茫的雾海外狂笑！

朝霞照他们的前胸，
　　晚霞戏逗着他们赤秃的头颅；
黄昏时，听异鸟的欢呼，
　　在他们鸠盘的肩旁怯怯的透露
不昧的星光与月彩：
　　柔波里，缓泛着的小艇与轻舸；

听呀！在海会静穆的钟声里，

　　有朝山人在落叶林中过路！

更无有人事的虚荣，

　　更无有尘世的仓促与噩梦，

灵魂！记取这从容与伟大，

　　在五老峰前饱啜自由的山风！

这不是山峰，这是古圣人的祈祷，

　　凝聚成这"冻乐"似的建筑神工，

给人间一个不朽的凭证，——

　　一个"崛强的疑问"在无极的蓝空！

先生！先生！

钢丝的车轮

在偏僻的小巷内飞奔——

　"先生，我给先生请安您哪，先生。"

迎面一蹲身，

一个单布裓的女孩颤动着呼声——

雪白的车轮在冰冷的北风里飞奔。

紧紧的跟，紧紧的跟，

破烂的孩子追赶着铄亮的车轮——

"先生，可怜我一文吧，善良的先生！"

"可怜我的妈,

她又饿又冻又病,躺在道儿边直呻——

您修好,赏给我们一顿窝窝头,您哪,先生!"

"没有带子儿。"

坐车的先生说,车里戴大皮帽的先生——

飞奔,急转的双轮,紧追,小孩的呼声。

一路旋风似的土尘,

土尘里飞转着银晃晃的车轮——

"先生,可是您出门不能不带钱您哪,先生。"

"先生……先生!"

紫涨的小孩,气喘着,断续的呼声——

飞奔,飞奔,橡皮的车轮不住的飞奔。

飞奔……飞奔……

飞奔……飞奔……

先生……先生……先生……

夜半松风

这是冬夜的山坡，

坡下一座冷落的僧庐，

庐内一个孤独的梦魂：

　在怅悔中祈祷，在绝望中沉沦；——

为什么这怒叫，这狂啸，

鼍鼓与金钲与虎与豹？

为什么这幽诉，这私慕？

烈情的惨剧与人生的坎坷——

　又一度潮水似的淹没了

这彷徨的梦魂与冷落的僧庐？

消　息

雷雨暂时收敛了；
　双龙似的双虹，
　显现在雾霭中，
　夭矫，鲜艳，生动，——
好兆！明天准是好天了。

什么！又是一阵打雷，——
　在云外、在天外，
　又是一片暗淡，
　不见了鲜虹彩，——
希望，不曾站稳，又毁了。

乡村里的音籁

小舟在垂柳荫间缓泛，

　一阵阵初秋的凉风，

　吹生了水面的漪绒，

吹来两岸乡村里的音籁。

我独自凭着船窗闲憩，

　静看着一河的波幻，

　静听着远近的音籁，

又一度与童年的情景默契！

这是清脆的稚儿的呼唤，

　田野上工作纷纭，

竹篱边犬吠鸡鸣，
但这无端的悲感与凄婉！

白云在蓝天里飞行，
　我欲把恼人的年岁，
　我欲把恼人的情爱，
托付与无涯的空灵——消泯！

回复我纯朴的，美丽的童心，
　像山谷里的冷泉一勺，
　像晓风里的白头乳鹊，
像池畔的草花，自然的鲜明。

为　谁

这几天秋风来得格外尖厉：

　　我怕看我们的庭院，

　　树叶伤鸟似的猛旋，

　　中着了无形的利箭——

没了，全没了：生命、颜色、美丽！

就剩下南墙上的几道爬山虎：

　　它那豹斑似的秋色，

　　忍熬着风拳的打击，

　　低低的喘一声呜邑——

"我为你耐着！"它仿佛对我声诉。

它为我耐着，那艳色的秋萝，

　　但秋风不容情的追，

　　追，（摧残是它的恩惠！）

　　追尽了生命的余辉——

这回墙上不见了勇敢的秋萝！

今夜那清光的三星在天上，

　　倾听着秋后的空院，

　　悄悄的，更不闻呜咽：

　　落叶在泥土里安眠——

只我在这深夜，啊，为谁凄惘？

破　庙

慌张的急雨将我
赶入了黑丛丛的山坳，
迫近我头顶在腾拿，
恶狠狠的乌龙巨爪，
枣树兀兀地隐蔽着
一座静悄悄的破庙，
我满身的雨点雨块，
躲进了昏沉沉的破庙；

雷雨越发来得大了；
霍隆隆半天里霹雳，
豁喇喇林叶树根苗，

山谷山石，一齐怒号，

千万条的金剪金蛇，

飞入阴森森的破庙，

我浑身战抖，趁电光

估量这冷冰冰的破庙；

我禁不住大声啼叫；

电光火把似的照耀，

照出我身旁神龛里

一个青面狞笑的神道，

电光去了，霹雳又到，

不见了狞笑的神道，

硬雨石块似的倒泻——

我独身藏躲在破庙；

千年万年应该过了！

只觉得浑身的毛窍，

只听得骇人的怪叫，

只记得那凶恶的神道，

忘记了我现在的破庙；好容易雨收了，雷休了，

血红的太阳，满天照耀，

照出一个我，一座破庙！

难　得

难得，夜这般清静，

　难得，炉火这般的温，

更是难得，无言的相对，

　一双寂寞的灵魂！

也不必筹营，也不必详论，

　更没有虚骄、猜忌与嫌憎，

只静静的坐对着一炉火，

　只静静的默数远巷的更。

喝一口白水，朋友，

　滋润你的干裂的口唇；

你添上几块煤，朋友，

　　一炉的红焰感念你的殷勤。

在冰冷的冬夜，朋友，

　　人们方始珍重难得的炉薪；

在这冰冷的世界，

　　方始凝结了少数同情的心！

落叶小唱

一阵声响转上了阶沿，

（我正挨近着梦乡边；）

这回准是她的脚步了，我想——

　　在这深夜！

一声剥啄在我的窗上，

（我正紧靠着睡乡旁；）

这准是她来闹着玩——你看，

　　我偏不张望！

一个声息贴近我的床，

我说（一半是睡梦，一半是迷惘）：——

"你总不能明白我，你又何苦

　　多叫我心伤！"

一个喟息在我的枕边，

（我已在梦乡里留恋；）

"我负了你！"你说——你的热泪

　　烫着我的脸！

这音响恼着我的梦魂

（落叶在庭前舞，一阵，又一阵；）

梦完了，呵，回复清醒；恼人的——

　　却只是秋声！

古怪的世界

从松江的石湖塘

上车来老妇一双，

颤巍巍的承住弓形的老人身，

多谢（我猜是）普渡山的盘龙藤；

青头棉袄，黑布棉套，

头毛半秃，齿牙半耗：

肩挨肩的坐落在阳光暖暖的窗前，

畏思的，呢喃的，像一对寒天的老燕；

震震的干枯的手背，

震震的皱缩的下颊：

这二老！是妯娌，是姑嫂，是姐妹？——
紧挨着，老眼中有伤悲的眼泪！

  怜悯，贫苦不是卑贱，

  老衰中有无限庄严；——
老年人有什么悲哀，为什么凄伤？
为什么在这快乐的新年，抛却家乡？

  同车里杂沓的人声，

  轨道上疾转着车轮；
我独自的，独自的沉思这世界古怪——
是谁吹弄着那不调谐的人道的音籁？

盖上几张油纸

一片，一片，半空里
　掉下雪片；
有一个妇人，有一个妇人
　独坐在阶沿。

虎虎的，虎虎的，风响
　在树林间；
有一个妇人，有一个妇人，
　独自在哽咽。

为什么伤心，妇人，
　这大冷的雪天？

为什么啼哭，莫非是
 失掉了钗钿？

不是的，先生，不是的，
 不是为钗钿；
也是的，也是的，我不见了
 我的心恋。

那边松林里，山脚下，先生，
 有一只小木箧，
装着我的宝贝，我的心，
 三岁儿的嫩骨！

昨夜我梦见我的儿
 叫一声"娘呀——
天冷了，天冷了，天冷了，
 儿的亲娘呀！"

今天果然下大雪，屋檐前
 望得见冰条，
我在冷冰冰的被窝里摸——

摸我的宝宝。

方才我买来几张油纸，

　　盖在儿的床上；

我唤不醒我熟睡的儿——

　　我因此心伤。

一片，一片，半空里

　　掉下雪片；

有一个妇人，有一个妇人，

　　独坐在阶沿。

虎虎的，虎虎的，风响

　　在树林间；

有一个妇人，有一个妇人，

　　独自在哽咽。

翡冷翠的一夜

你真的走了，明天？那我，那我，……

你也不用管，迟早有那一天；

你愿意记着我，就记着我，

要不然趁早忘了这世界上

有我，省得想起时空着恼，

只当是一个梦，一个幻想；

只当是前天我们见的残红，

怯怜怜的在风前抖擞，一瓣，

两瓣，落地，叫人踩，变泥……

唉，叫人踩，变泥——变了泥倒干净，

这半死不活的才叫是受罪，

看着寒伧，累赘，叫人白眼——

天呀！你何苦来，你何苦来……

我可忘不了你，那一天你来，

就比如黑暗的前途见了光彩，

你是我的先生，我爱，我的恩人，

你教给我什么是生命，什么是爱，

你惊醒我的昏迷，偿还我的天真。

没有你我哪知道天是高，草是青？

你摸摸我的心，它这下跳得多快；

再摸我的脸，烧得多焦，亏这夜黑

看不见；爱，我气都喘不过来了，

别亲我了；我受不住这烈火似的活，

这阵子我的灵魂就像是火砖上的

熟铁，在爱的槌子下，砸，砸，火花

四散的飞洒……我晕了，抱着我，

爱，就让我在这儿清静的园内，

闭着眼，死在你的胸前，多美！

头顶白树上的风声，沙沙的，

算是我的丧歌，这一阵清风，

橄榄林里吹来的，带着石榴花香，

就带了我的灵魂走，还有那萤火，

多情的殷勤的萤火，有他们照路，

我到了那三环洞的桥上再停步，

听你在这儿抱着我半暖的身体，

悲声的叫我，亲我，摇我，唖我，……

我就微笑的再跟着清风走，

随他领着我，天堂，地狱，哪儿都成，

反正丢了这可厌的人生，实现这死

在爱里，这爱中心的死，不强如

五百次的投生？……自私，我知道，

可我也管不着……你伴着我死？

什么，不成双就不是完全的"爱死"，

要飞升也得两对翅膀儿打伙，

进了天堂还不一样的要照顾，

我少不了你，你也不能没有我；

要是地狱，我单身去你更不放心，

你说地狱不定比这世界文明

（虽则我不信，）像我这娇嫩的花朵，

难保不再遭风暴，不叫雨打，

那时候我喊你，你也听不分明，——

那不是求解脱反投进了泥坑，

倒叫冷眼的鬼串通了冷心的人，

笑我的命运，笑你懦怯的粗心？

这话也有理，那叫我怎么办呢？

活着难，太难就死也不得自由，

我又不愿你为我牺牲你的前程……

唉！你说还是活着等，等那一天！

有那一天吗？——你在，就是我的信心；

可是天亮你就得走，你真的忍心

丢了我走？我又不能留你，这是命；

但这花，没阳光晒，没甘露浸，

不死也不免瓣尖儿焦萎，多可怜！

你不能忘我，爱，除了在你的心里，

我再没有命；是，我听你的话，我等，

等铁树儿开花我也得耐心等；

爱，你永远是我头顶的一颗明星：

要是不幸死了，我就变一个萤火，

在这园里，挨着草根，暗沉沉的飞，

黄昏飞到半夜，半夜飞到天明，

只愿天空不生云，我望得见天

天上那颗不变的大星，那是你，

但愿你为我多放光明，隔着夜，

隔着天，通着恋爱的灵犀一点……

　　　　　　六月十一日，一九二五年翡冷翠山中

偶　然

我是天空里的一片云，
偶尔投影在你的波心——
　　你不必讶异，
　　更无须欢喜——
在转瞬间消灭了踪影。

你我相逢在黑夜的海上，
你有你的，我有我的，方向；
　　你记得也好，
　　最好你忘掉，
在这交会时互放的光亮！

我来扬子江边买一把莲蓬

我来扬子江边买一把莲蓬；

　　手剥一层层莲衣，

　　看江鸥在眼前飞，

　　忍含着一眼悲泪——

我想着你，我想着你，啊小龙！

我尝一尝莲瓤，回味曾经的温存：——

　　那阶前不卷的重帘，

　　掩护着同心的欢恋：

　　我又听着你的盟言，

"永远是你的，我的身体，我的灵魂。"

我尝一尝莲心，我的心比莲心苦；

　　我长夜里怔忡，

　　挣不开的恶梦，

　　谁知我的苦痛？

你害了我，爱，这日子叫我如何过？

但我不能责你负，我不忍猜你变，

　　我心肠只是一片柔：

　　你是我的！我依旧将你紧紧的抱搂——

除非是天翻——但谁能想象那一天？

再不见雷峰

再不见雷峰，雷峰坍成了一座大荒冢，

　　顶上有不少交抱的青葱；

　　顶上有不少交抱的青葱，

再不见雷峰，雷峰坍成了一座大荒冢。

为什么感慨，对着这光阴应分的摧残？

　　世上多的是不应分的变态；

　　世上多的是不应分的变态，

为什么感慨，对着这光阴应分的摧残？

为什么感慨，这塔是镇压，这坟是掩埋——

　　镇压还不如掩埋来得痛快！

镇压还不如掩埋来得痛快，

为什么感慨，这塔是镇压，这坟是掩埋！

再没有雷峰，雷峰从此掩埋在人的记忆中，

像曾经的幻梦，曾经的爱宠；

像曾经的幻梦，曾经的爱宠，

再没有雷峰，雷峰从此掩埋在人的记忆中。

九月，西湖

变与不变

树上的叶子说："这来又变样儿了，

你看，有的是抽心烂，有的是卷边焦！"

"可不是，"答话的是我自己的心：

它也在冷酷的西风里褪色，凋零。

这时候连翩的明星爬上了树尖；

"看这儿，"它们仿佛说，"有没有改变？"

"看这儿，"无形中又发动了一个声音，

"还不是一样鲜明？"——插话的是我的魂灵！

丁当——清新

檐前的秋雨在说什么？
  它说摔了她，忧郁什么？
我手拿起案上的镜框，
  在地平上摔一个丁当。

檐前的秋雨又在说什么？
  "还有你心里那个留着做什么？"
蓦地里又听见一声清新——
  这回摔破的是我自己的心！

一九二五年秋作

梅雪争春（纪念三一八）

南方新年里有一天下大雪，

我到灵峰去探春梅的消息；

残落的梅萼瓣瓣在雪里腌，

我笑说这颜色还欠三分艳！

运命说：你赶花朝节前回京，

我替你备下真鲜艳的春景：

白的还是那冷翩翩的飞雪，

但梅花是十三龄童的热血！

西伯利亚道中忆西湖
秋雪庵芦色作歌

我捡起一枝肥圆的芦梗，
　　在这秋月下的芦田；
我试一试芦笛的新声，
　　在月下的秋雪庵前。

这秋月是纷飞的碎玉，
　　芦田是神仙的别殿；
我弄一弄芦管的幽乐——
　　我映影在秋雪庵前。

我先吹我心中的欢喜——

清风吹露芦雪的酥胸；

我再弄我欢喜的心机——

芦田中见万点的飞萤。

我记起了我生平的惆怅，

中怀不禁一阵的凄迷，

笛韵中也听出了新来凄凉——

近水间有断续的蛙啼。

这时候芦雪在明月下翻舞，

我暗地思量人生的奥妙，

我正想谱一折人生的新歌，

啊，那芦笛（碎了）再不成音调！

这秋月是缤纷的碎玉，

芦田是仙家的别殿；

我弄一弄芦管的幽乐，——

我映影在秋雪庵前。

我捡起一枝肥圆的芦梗，

在这秋月下的芦田；

我试一试芦笛的新声，

　　在月下的秋雪庵前。

三月十二深夜大沽口外

今夜困守在大沽口外；

  绝海里的俘虏，

  对着忧愁申诉；

桅上的孤灯在风前摇摆：

  天昏昏有层云裹，

  那掣电是探海火！

你说不自由是这变乱的时光？

  但变乱还有时罢休，

  谁敢说人生有自由？

今天的希望变作明天的怅惘；

  星光在天外冷眼瞅，

人生是浪花里的浮沤！

我此时在凄冷的甲板上徘徊，

　　听海涛迟迟的吐沫，

　　心空如不波的湖水；

只一丝云影在这湖心里晃动——

　　不曾渗透的一个迷梦，

　　不忍渗透的一个迷梦！

白须的海老儿

那船平空在海中心抛锚，
也不顾我心头野火似的烧！
那白须的海老倒像有同情，
他声声问的是为甚不进行？

我伸手向黑暗的空间抱，
谁说这飘渺不是她的腰？
我又飞吻给银河边的星，
那是我爱最灵动的明睛。

但这来白须的海老又生恼
（他忌妒少年情，别看他年老！）

他说你情急我偏给你不行，
你怎生跳度这碧波的无垠？

果然那老顽皮有他的蹊跷，
这心头火差一点变海水里泡！
但此时我忙着亲我爱的香唇，
谁耐烦再和白须的海老儿争？

最后的那一天

在春风不再回来的那一年，

在枯枝不再青条的那一天，

　那时间天空再没有光照，

　只黑蒙蒙的妖氛弥漫着：

太阳，月亮，星光死去了的空间；

在一切标准推翻的那一天，

在一切价值重估的那时间，

　暴露在最后审判的威灵中，

　一切的虚伪与虚荣与虚空，

赤裸裸的灵魂们匍匐在主的跟前；——

我爱，那时间你我再不必张皇，
更不须声诉，辩冤，再不必隐藏，——
　　你我的心，像一朵雪白的并蒂莲，
　　在爱的青梗上秀挺，欢欣，鲜妍，——
在主的跟前，爱是唯一的荣光。

再别康桥

轻轻的我走了，

　　正如我轻轻的来；

我轻轻的招手，

　　作别西天的云彩。

那河畔的金柳，

　　是夕阳中的新娘；

波光里的艳影，

　　在我的心头荡漾。

软泥上的青荇，

　　油油的在水底招摇；

在康河的柔波里，

　　我甘心做一条水草！

那树荫下的一潭，

　　不是清泉，是天上虹

揉碎在浮藻间，

　　沉淀着彩虹似的梦。

寻梦？撑一支长篙，

　　向青草更青处漫溯，

满载一船星辉，

　　在星辉斑斓里放歌。

但我不能放歌，

　　悄悄是别离的笙箫；

夏虫也为我沉默，

　　沉默是今晚的康桥！

悄悄的我走了，

　　正如我悄悄的来；

我挥一挥衣袖，

不带走一片云彩。

十一月六日

拜 献

山，我不赞美你的壮健，

海，我不歌咏你的阔大，

风波，我不颂扬你威力的无边；

但那在雪地里挣扎的小草花，

路旁冥盲中无告的孤寡，

烧死在沙漠里想归去的雏燕，——

给他们，给宇宙间一切无名的不幸，

我拜献，拜献我胸胁间的热，

管里的血，灵性里的光明；

我的诗歌——在歌声嘹亮的一俄顷，

天外的云彩为你们织造快乐，

　　起一座虹桥，

指点着永恒的逍遥，

在嘹亮的歌声里消纳了无穷的苦厄！

一九二九年初春作

生　活

阴沉，黑暗，毒蛇似的蜿蜒，
生活逼成了一条甬道：
一度陷入，你只可向前，
手扪索着冷壁的黏潮，

在妖魔的脏腑内挣扎，
头顶不见一线的天光，
这魂魄，在恐怖的压迫下，
除了消灭更有什么愿望？

五月二十九日

残　破

一

深深的在深夜里坐着：
当窗有一团不圆的光亮，
　风挟着灰土，在大街上
　　小巷里奔跑：
我要在枯秃的笔尖上袅出
一种残破的残破的音调，
为要抒写我的残破的思潮。

二

深深的在深夜里坐着：
生尖角的夜凉在窗缝里

炉忌屋内残余的暖气，

　也不饶恕我的肢体：

但我要用我半干的墨水描成

一些残破的残破的花样，

因为残破，残破是我的思想。

三

深深的在深夜里坐着，

左右是一些丑怪的鬼影：

　焦枯的落魄的树木

　　在冰沉沉的河沿叫喊，

　　比着绝望的姿势，

正如我要在残破的意识里

重兴起一个残破的天地。

四

深深的在深夜里坐着，

闭上眼回望到过去的云烟；

啊，她还是一枝冷艳的白莲，

　斜靠着晓风，万种的玲珑；

但我不是阳光，也不是露水，

我有的只是些残破的呼吸，

　　如同封锁在壁椽间的群鼠

追逐着，追求着黑暗与虚无！

阔的海

阔的海空的天我不需要，

我也不想放一只巨大的纸鹞

上天去捉弄四面八方的风；

　　我只要一分钟

　　我只要一点光

　　我只要一条缝，——

　像一个小孩爬伏

　在一间暗屋的窗前

　望着西天边不死的一条

缝，一点

光，一分

钟。

在不知名的道旁（印度）

什么无名的苦痛，悲悼的新鲜，
什么压迫，什么冤屈，什么烧烫
你体肤的伤，妇人，使你蒙着脸
在这昏夜，在这不知名的道旁，
任凭过往人停步，讶异的看你，
你只是不作声，黑绵绵的坐地？

还有蹲在你身旁悚动的一堆，
一双小黑眼闪荡着异样的光，
像暗云天偶露的星晞，她是谁？
疑惧在她脸上，可怜的小羔羊，

她怎知道人生的严重，夜的黑，
她怎能明白运命的无情，惨刻？

聚了，又散了，过往人们的讶异。
刹那的同情也许；但他们不能
为你停留，妇人，你与你的儿女；
伴着你的孤单，只昏夜的阴沉，
与黑暗里的萤光，飞来你身旁，
来照亮那小黑眼闪荡的星芒！

一九二八年十月三十一日在印度作

黄　鹂

一掠颜色飞上了树。

"看，一只黄鹂！"有人说。

翘着尾尖，它不作声，

艳异照亮了浓密——

像是春光，火焰，像是热情。

等候它唱，我们静着望，

怕惊了它。但它一展翅，

冲破浓密，化一朵彩云；

它飞了，不见了，没了——

像是春光，火焰，像是热情。

怨　得

怨得这相逢；
谁作的主？——风！

也就一半句话，
露水润了枯芽。

黑暗——放一箭光；
飞蛾：他受了伤。

偶然，真是的。
惆怅？喔何必！

伦敦旅次　九月

一块晦色的路碑

脚步轻些，过路人！
休惊动那最可爱的灵魂，
如今安眠在这地下，
有绛色的野草花掩护她的余烬。

你且站定，在这无名的土阜边，
任晚风吹弄你的衣襟；
倘如这片刻的静定感动了你的悲悯，
让你的泪珠圆圆的滴下——
为这长眠着的美丽的灵魂！

过路人，假若你也曾

在这人间不平的道上颠顿，

让你此时的感愤凝成最锋利的悲悯，

在你的激震着的心叶上，

刺出一滴，两滴的鲜血——

为这遭冤屈的最纯洁的灵魂！

献　词

那天你翩翩的在空际云游，
自在，轻盈，你本不想停留
在天的哪方或地的哪角，
你的愉快是无拦阻的逍遥。

你更不经意在卑微的地面
有一流涧水，虽则你的明艳
在过路时点染了他的空灵，
使他惊醒，将你的倩影抱紧。

他抱紧的只是绵密的忧愁，
因为美不能在风光中静止；

他要，你已飞渡万重的山头，
去更阔大的湖海投射影子！

他在为你消瘦，那一流涧水，
在无能的盼望，盼望你飞回！

泰　山

山！

你的阔大的巉岩，

像是绝海的惊涛，

忽地飞来，

　凌空

　不动，

在沉默的承受

日月与云霞拥戴的光豪；

更有万千星斗

　错落

在你的胸怀，

诉说

隐奥，

蕴藏在

岩石的核心与崔嵬的天外！

山　中

庭院是一片静，
　听市谣围抱，
织成一地松影——
　看当头月好！

不知今夜山中，
　是何等光景；
想也有月，有松，
　有更深曲静。

我想攀附月色，
　化一阵清风，

吹醒群松春醉，
　去山中浮动；

吹下一针新碧，
　掉在你窗前；
轻柔如同叹息——
不惊你安眠！

秋　月

一样是月色，

今晚上的，因为我们都在抬头看——

看它，一轮腴满的妩媚，

从乌黑得如同暴徒一般的

云堆里升起——

看得格外的亮，分外的圆。

它展开在道路上，

它飘闪在水面上，

它沉浸在

水草盘结得如同忧愁般的水底；

它睥睨在古城的雉堞上，

万千的城砖在它的清亮中呼吸，

它抚摸着

错落在城厢外内的墓墟，

在宿鸟的断续的呼声里，

想见新旧的鬼，

也和我们似的相依偎的站着，

眼珠放着光，

咀嚼着彻骨的阴凉：

银色的缠绵的诗情

如同水面的星磷，

在露盈盈的空中飞舞。

听那四野的吟声——

永恒的卑微的谐和，

悲哀揉和着欢畅，

怨仇与恩爱，

晦冥交抱着火电，

在这复绝的秋夜与秋野的

苍茫中，

"解化"的伟大？

在一切纤微的深处

展开了

婴儿的微笑！

渺　小

我仰望群山的苍老，
　　他们不说一句话。
阳光描出我的渺小，
　　小草在我的脚下。

我一人停步在路隅，
　　顿听空谷的松籁；
青天里有白云盘踞——
　　转眼间忽又不在。

哈　代

哈代，厌世的，不爱活的，
　　这回再不用怨言，
一个黑影蒙住他的眼？
　　去了，他再不漏脸。

八十八年不是容易过，
　　老头活该他的受，
扛着一肩思想的重负，
　　早晚都不得放手。

为什么放着甜的不尝
　　暖和的座儿不坐，

偏挑那阴凄的调儿唱，

　　辣味儿辣得口破。

他是天生那老骨头僵，

　　一对眼拖着看人，

他看着了谁谁就遭殃，

　　你不用跟他讲情！

他就爱把世界剖着瞧，

　　是玫瑰也给拆坏；

他没有那画眉的纤巧，

　　他有夜鹗的古怪！

古怪，他争的就只一点——

　　一点"灵魂的自由"，

也不是成心跟谁翻脸，

　　认真就得认个透。

他可不是没有他的爱——

　　他爱真诚，爱慈悲：

人生就说是一场梦幻，
　　也不能没有安慰。

这日子你怪得他惆怅，
　　怪得他话里有刺，
他说乐观是"死尸脸上
　　抹着粉，搽着胭脂！"

这不是完全放弃希冀，
　　宇宙还得往下延，
但如果前途还有生机，
　　思想先不能随便。

为维护这思想的尊严，
　　诗人他不敢怠惰，
高擎着理想，睁大着眼，
　　抉剔人生的错误。

现在他去了再不说话。
　　（你听这四野的静），

你爱忘了他就忘了他

（天吊明哲的凋零）！

旧历元旦

给——

我记不得维也纳，
　　除了你，阿丽思；
我想不起佛兰克府，
　　除了你，桃乐斯，
尼司，佛洛伦司，巴黎，
　　也都没有意味，
要不是你们的艳丽，——
　　玫思，麦蒂特，腊妹，
　　　翩翩的，盈盈的，
　　　孜孜的，婷婷的，
照亮着我记忆的幽黑，
　　像冬夜的明星，

　　像暑夜的游萤，——

怎教我不倾颓！

怎教我不迷醉！

春的投生

昨晚上，

再前一晚也是的，

在雷雨的猖狂中

春

　投生入残冬的尸体。

不觉得脚下的松软，

耳鬓间的温驯吗？

树枝土浮着青，

潭里的水漾成无限的缠绵；

再有你我肢体上

胸膛间的异样的跳动；

桃花早已开上你的脸，

我在更敏锐的消受

你的媚，吞咽

你的连珠的笑；

你不觉得我的手臂

更迫切的要求你的腰身，

我的呼吸投射到你的身上

如同万千的飞萤投向光焰？

这些，还有别的许多说不尽的，

和着鸟雀们的热情的回荡，

都在手携手的赞美着

春的投生。

二月二十八日

车　眺

一

我不能不赞美
这向晚的五月天；
怀抱着云和树
那些玲珑的水田。

二

白云穿掠着晴空，
像仙岛上的白燕！
晚霞正照着它们，
白羽镶上了金边。

三

背着轻快的晚凉，

牛，放了工，呆着做梦；

孩童们在一边蹲，

想上牛背，美，逗英雄！

四

在绵密的树荫下，

有流水，有白石的桥，

桥洞下早来了黑夜，

流水里有星在闪耀。

五

绿是豆畦，阴是桑树林，

幽郁是溪水傍的草丛，

静是这黄昏时的田景，

但你听，草虫们的飞动！

六

月亮在昏黄里上妆，

太阳心慌的向天边跑；

他怕见她，他怕她见，——

怕她见笑一脸的红糟！

车　上

这一车上有各等的年岁，各色的人：
有出须的，有奶孩，有青年，有商，有兵；
也各有各的姿态：傍着的，躺着的，
张眼的，闭眼的，向窗外黑暗望着的。

车轮在铁轨上碾出重复的繁响，
天上没有星点，一路不见一些灯亮；
只有车灯的幽辉照出旅客们的脸，
他们老的少的，一致声诉旅程的疲倦。

这时候忽然从最幽暗的一角发出
歌声；像是山泉，像是晓鸟，蜜甜，清越，

又像是荒漠里点起了通天的明燎，
它那正直的金焰投射到遥远的山坳。

她是一个小孩，欢欣摇开了她的歌喉；
在这冥盲的旅程上，在这昏黄时候，
像是奔发的山泉，像是狂欢的晓鸟，
她唱，直唱得一车上满是音乐的幽妙。

旅客们一个又一个的表示着惊异，
渐渐每一个脸上来了有光辉的惊喜：
买卖的，军差的，老辈，少年，都是一样，
那吃奶的婴儿，也把他的小眼开张。

她唱，直唱得旅途上到处点上光亮，
层云里翻出玲珑的月和斗大的星，
花朵，灯彩似的，在枝头竞赛着新样，
那细弱的草根也在摇曳轻快的青萤！

卑　微

卑微，卑微，卑微；
风在吹
无抵抗的残苇：

枯槁它的形容，
心已空，
音调如何吹弄？

它在向风祈祷：
"忍心好，
将我一举推倒；

"也是一宗解化——

本无家，

任漂泊到天涯！"

他眼里有你

我攀登了万仞的高冈，
荆棘扎烂了我的衣裳，
我向飘渺的云天外望——
　　上帝，我望不见你！

我向坚厚的地壳里掏，
捣毁了蛇龙们的老巢，
在无底的深潭里我叫——
　　上帝，我听不到你！

我在道旁见一个小孩：
活泼、秀丽、褴褛的衣衫，

他叫声妈，眼里亮着爱——

上帝，他眼里有你！

爱的灵感——奉适之

下面这些诗行好歹是他撩拨出来的，正如这十年来大多数的诗行好歹是他拨出来的！

不妨事了，你先坐着罢，
这阵子可不轻，我当是
已经完了，已经整个的
脱离了这世界，飘渺的，
不知到了哪儿。仿佛有
一朵莲花似的云拥着我，
（她脸上浮着莲花似的笑）
拥着到远极了的地方去……
唉，我真不希罕再回来，

人说解脱，那许就是罢！

我就像是一朵云，一朵

纯白的，纯白的云，一点

不见分量，阳光抱着我，

我就是光，轻灵的一球，

往远处飞，往更远的飞；

什么累赘，一切的烦愁，

恩情，痛苦，怨，全都远了；

就是你——请你给我口水，

是橙子吧，上口甜着哪——

就是你，你是我的谁呀！

就你也不知哪里去了：

就有也不过是晓光里

一发的青山，一缕游丝，

一翳微妙的晕；说至多

也不过如此，你再要多

我那朵云也不能承载，

你，你得原谅，我的冤家！……

不碍，我不累，你让我说，

我只要你睁着眼，就这样，

叫哀怜与同情，不说爱，

在你的泪水里开着花，

我陶醉着它们的幽香；

在你我这最后，怕是吧，

一次的会面，许我放娇，

容许我完全占定了你，

就这一响，让你的热情，

像阳光照着一流幽涧，

透澈我的凄冷的意识；

你手把住我的，正这样，

你看你的壮健，我的衰，

容许我感受你的温暖，

感受你在我血液里流，

鼓动我将次停歇的心，

留下一个不死的印痕：

这是我唯一，唯一的祈求……

好，我再喝一口，美极了，

多谢你。现在你听我说。

但我说什么呢？到今天，

一切事都已到了尽头，

我只等待死，等待黑暗，

我还能见到你，偎着你，

真像情人似的说着话，

因为我够不上说那个，

你的温柔春风似的围绕，

这于我是意外的幸福，

我只有感谢，（她合上眼。）

什么话都是多余，因为

话只能说明能说明的，

更深的意义，更大的真，

朋友，你只能在我的眼里，

在枯干的泪伤的眼里认取。

我是个平常的人，

我不能盼望在人海里

值得你一转眼的注意。

你是天风：每一个浪花

一定得感到你的力量，

从它的心里激出变化，

每一根小草也一定得

在你的踪迹下低头，在

缘的颤动中表示惊异；

但谁能止限风的前程，

他横掠过海，作一声吼，

狮虎似的扫荡着田野，

当前是冥茫的无穷，他

如何能想起曾经呼吸

到浪的一花，草的一瓣？

遥远是你我间的距离；

远，太远！假如一只夜蝶

有一天得能飞出天外，

在星的烈焰里去变灰

（我常自己想）那我也许

有希望接近你的时间。

唉，痴心，女子是有痴心的，

你不能不信吧？有时候

我自己也觉得真奇怪，

心窝里的牢结是谁给

打上的？为什么打不开？

那一天我初次望到你，

你闪亮得如同一颗星，

我只是人丛中的一点，

一撮沙土，但一望到你，

我就感到异样的震动，

猛袭到我生命的全部，

真像是风中的一朵花，

我内心摇晃得像昏晕，

脸上感到一阵的火烧，

我觉得幸福，一道神异的

光亮在我的眼前扫过，

我又觉得悲哀，我想哭，

纷乱占据了我的灵府。

但我当时一点不明白，

不知这就是陷入了爱！

"陷入了爱"，真是的！前缘，

孽债，不知到底是什么？

但从此我再没有平安，

是中了毒，是受了催眠，

教运命的铁链给锁住，

我再不能踌躇：我爱你！

从此起，我的一瓣瓣的

思想都染着你，在醒时，

在梦里，想躲也躲不去，

我抬头望，蓝天里有你，

我开口唱，悠扬里有你，

我要遗忘，我向远处跑，

另走一道，又碰到了你！
枉然是理智的殷勤，因为
我不是盲目，我只是痴。
但我爱你，我不是自私。
爱你，但永不能接近你。
爱你，但从不要享受你。
即使你来到我的身边，
我许向你望，但你不能
丝毫觉察到我的秘密。
我不妒忌，不艳羡，因为
我知道你永远是我的，
它不能脱离我正如我
不能躲避你，别人的爱
我不知道，也无须知晓，
我的是我自己的造作，
正如那林叶在无形中
收取早晚的霞光，我也
在无形中收取了你的。
我可以，我是准备，到死
不露一句，因为我不必。
死，我是早已望见了的。

那天爱的结打上我的
心头，我就望见死，那个
美丽的永恒的世界；死，
我甘愿的投向，因为它
是光明与自由的诞生。
从此我轻视我的躯体，
更不计较今世的浮荣，
我只企望着更绵延的
时间来收容我的呼吸，
灿烂的星做我的眼睛，
我的发丝，那般的晶莹，
是纷披在天外的云霞，
博大的风在我的腋下
胸前眉宁间盘旋，波涛
冲洗我的胫踝，每一个
激荡涌出光艳的神明！
再有电火做我的思想
天边掣起蛇龙的交舞，
雷震我的声音，蓦地里
叫醒了春，叫醒了生命。
无可思量，呵，无可比况，

这爱的灵感，爱的力量！

正如旭日的威棱扫荡

田野的迷雾，爱的来临

也不容平凡，卑琐以及

一切的庸俗侵占心灵，

它那原来青爽的平阳。

我不说死吗？更不畏惧，

再没有疑虑，再不吝惜

这躯体如同一个财虏；

我勇猛的用我的时光。

用我的时光，我说？天哪，

这多少年是亏我过的！

没有朋友，离背了家乡，

我投到那寂寞的荒城，

在老农中间学做老农，

穿着大布，脚登着草鞋，

栽青的桑，栽白的木棉，

在天不曾放亮时起身，

手搅着泥，头戴着炎阳，

我做工，满身浸透了汗，

一颗热心抵挡着劳倦；

但渐次的我感到趣味，
收拾一把草如同珍宝，
在泥水里照见我的脸，
涂着泥，在坦白的云影
前不露一些羞愧！自然
是我的享受；我爱秋林，
我爱晚风的吹动，我爱
枯苇在晚凉中的颤动，
半残的红叶飘摇到地，
鸦影侵入斜日的光圈；
更可爱是远寺的钟声
交挽村舍的炊烟共做
静穆的黄昏！我做完工，
我慢步的归去，冥茫中
有飞虫在交哄，在天上
有星，我心中亦有光明！
到晚上我点上一支蜡，
在红焰的摇曳中照出
板壁上唯一的画像，
独立在旷野里的耶稣，
（因为我没有你的除了

悬在我心里的那一幅），

到夜深静定时我下跪，

望着画像做我的祈祷，

有时我也唱，低声的唱，

发放我的热烈的情愫

缕缕青烟似的上通到天。

但有谁听到，有谁哀怜？

你踞坐在荣名的顶巅，

有千万人迎着你鼓掌，

我，陪伴我有冷，有黑夜，

我流着泪，独跪在床前！

一年，又一年，再过一年，

新月望到圆，圆望到残，

寒雁排成了字，又分散，

鲜艳长上我手栽的树，

又叫一阵风给刮做灰。

我认识了季候，星月与

黑夜的神秘，太阳的威，

我认识了地土，它能把

一颗子培成美的神奇，

我也认识一切的生存，

爬虫，飞鸟，河边的小草，

再有乡人们的生趣，我

也认识，他们的单纯与

真，我都认识。

　　　　跟着认识

是愉快，是爱，再不畏虑

孤寂的侵凌。那三年间

虽则我的肌肤变成粗，

焦黑薰上脸，剥坼刻上

手脚，我心头只有感谢：

因为照亮我的途径有

爱，那盏神灵的灯，再有

穷苦给我精力，推着我

向前，使我怡然的承当

更大的穷苦，更多的险。

你奇怪吧，我有那能耐？

不可思量是爱的灵感！

我听说古时间有一个

孝女，她为救她的父亲

胆敢上犯君王的天威，

那是纯爱的驱使我信。

我又听说法国中古时

有一个乡女子叫贞德，

她有一天忽然脱去了

她的村服，丢了她的羊，

穿上戎装拿着刀，带领

十万兵，高叫一声"杀贼"，

就冲破了敌人的重围，

救全了国，那也一定是

爱！因为只有爱能给人

不可理解的英勇和胆，

只有爱能使人睁开眼，

认识真，认识价值，只有

爱能使人全神的奋发，

向前闯，为了一个目标，

忘了火是能烧，水能淹。

正如没有光热这地上

就没有生命，要不是爱，

那精神的光热的根源，

一切光明的惊人的事

也就不能有。

啊，我懂得！

我说"我懂得"我不惭愧：

因为天知道我这几年，

独自一个柔弱的女子，

投身到灾荒的地域去，

走千百里巉岈的路程，

自身挨着饿冻的惨酷

以及一切不可名状的

苦处说来够写几部书，

是为了什么？为了什么

我把每一个老年灾民

不问他是老人是老妇，

当作生身父母一样看，

每一个儿女当作自身

骨血，即使不能给他们

救度，至少也要吹几口

同情的热气到他们的

脸上，叫他们从我的手

感到一个完全在爱的

纯净中生活着的同类？

为了什么甘愿哺啜

在平时乞丐都不屑的

饮食，吞咽腐朽与肮脏

如同可口的膏粱；甘愿

在尸体的恶臭能醉倒

人的村落里工作如同

发见了什么珍异？为了

什么？就为"我懂得"，朋友，

你信不？我不说，也不能

说，因为我心里有一个

不可能的爱所以发放

满怀的热到另一方向，

也许我即使不知爱也

能同样做，谁知道，但我

总得感谢你，因为从你

我获得生命的意识和

在我内心光亮的点上，

又从意识的沉潜引渡

到一种灵界的莹澈，又

从此产生智慧的微芒

致无穷尽的精神的勇。

啊，假如你能想象我在

灾地时一个夜的看守！

一样的天，一样的星空，
我独自在旷野里或在
桥梁边或在剩有几簇
残花的藤蔓的村篱边
仰望，那时天际每一个
光亮都为我生着意义，
我饮咽它们的美如同
音乐，奇妙的韵味通流
到内脏与百骸，坦然的
我承受这天赐不觉得
虚怯与羞惭，因我知道
不为己的劳作虽不免
疲乏体肤，但它能拂拭
我们的灵窍如同琉璃，
利便天光无碍的通行。

我话说远了不是？但我
已然诉说到我最后的
回目，你纵使疲倦也得
听到底，因为别的机会
再不会来，你看我的脸

烧红得如同石榴的花；

这是生命最后的光焰，

多谢你不时的把甜水

浸润我的咽喉，要不然

我一定早叫喘息窒死。

你的"懂得"是我的快乐。

我的时刻是可数的了，

我不能不赶快！

我方才

说过我怎样学农，怎样

到灾荒的魔窟中去伸

一支柔弱的奋斗的手，

我也说过我灵的安乐

对满天星斗不生内疚。

但我终究是人是软弱，

不久我的身体得了病，

风雨的毒浸入了纤微，

酿成了猖狂的热。我哥

将我从昏盲中带回家，

我奇怪那一次还不死，

也许因为还有一种罪

我必得在人间受。他们
叫我嫁人，我不能推托。
我或许要反抗假如我
对你的爱是次一等的，
但因我的既不是时空
所能衡量，我即不计较
分秒间的短长，我做了
新娘，我还做了娘，虽则
天不许我的骨血存留。
这几年来我是个木偶，
一堆任凭摆布的泥土；
虽则有时也想到你，但
这想到是正如我想到
西天的明霞或一朵化，
不更少也不更多。同时
病，一再的回复，销蚀了
我的躯壳，我早准备死，
怀抱一个美丽的秘密，
将永恒的光明交付给
无涯的幽冥。我如果有
一个母亲我也许不忍

不让她知道，但她早已
死去，我更没有沾恋；我
每次想到这一点便忍
不住微笑漾上了口角。
我想我死去再将我的
秘密化成仁慈的风雨，
化成指点希望的长虹，
化成石上的苔藓，葱翠
淹没它们的冥顽；化成
黑暗中翅膀的舞，化成
农时的鸟歌；化成水面
锦绣的文章；化成波涛，
永远宣扬宇宙的灵通；
化成月的惨绿在每个
睡孩的梦上添深颜色；
化成系星间的妙乐……
最后的转变是未料的；
天叫我不遂理想的心愿
又叫在热谵中漏泄了
我的怀内的珠光！但我
再也不梦想你竟能来，

血肉的你与血肉的我

竟能在我临去的俄顷

陶然的相偎倚，我说，你

听，你听，我说。真是奇怪。

这人生的聚散！

现在我

真，真可以死了，我要你

这样抱着我直到我去，

直到我的眼再不睁开，

直到我飞，飞，飞去太空，

散成沙，散成光，散成风，

啊苦痛，但苦痛是短的，

是暂时的；快乐是长的，

爱是不死的：

        我，我要睡……

雁儿们

雁儿们在云空里飞，
　　看她们的翅膀，
　　看她们的翅膀，
有时候纡回，
　　有时候匆忙。

雁儿们在云空里飞，
　　晚霞在她们身上，
　　晚霞在她们身上，
有时候银辉，
　　有时候金芒。

雁儿们在云空里飞，

听她们的歌唱！

听她们的歌唱！

有时候伤悲，

有时候欢畅。

雁儿们在云空里飞，

为什么翱翔？

为什么翱翔？

她们少不少旅伴

她们有没有家乡

雁儿们在云空里彷徨，

天地就快昏黑！

天地就快昏黑！

前途再没有天光，

孩子们往哪儿飞？

天地在昏黑里安睡，

昏黑迷住了山林，

昏黑催眠了海水；

这时候有谁在倾听

昏黑里泛起的伤悲。

难　忘

这日子——从天亮到昏黄，

虽则有时花般的阳光，

从郊外的麦田，

半空中的飞燕，

照亮到我劳倦的眼前，

给我刹那间的舒爽，

我还是不能忘——

不忘旧时的积累，

也不分是恼是愁是悔，

在心头，在思潮的起伏间，

像是迷雾，像是诅咒的凶险：

它们包围，它们缠绕，

它们狞露着牙，它们咬，

它们烈火般的煎熬，

它们伸拓着巨灵的掌，

把所有的忻快拦挡⋯⋯

鲤　跳

那天你走近一道小溪，
我说"我抱你过去，"你说："不；"
"那我总得搀你，"你又说："不。"
"你先过去，"你说，"这水多丽！"

"我愿意做一尾鱼，一枝草，
在风光里长，在风光里睡，
收拾起烦恼，再不用流泪：
现在看！我这锦鲤似的跳！"

一闪光艳，你已纵过了水；
脚点地时那轻，一身的笑，

像柳丝，腰哪在俏丽的摇；

水波里满是鲤鳞的霞绮！

七月九日

青年杂咏

青年！

你为什么沉湎于悲哀？

你为什么耽乐于悲哀？

你不幸为今世的青年，

你的天是沉碧奈何天；

你筑起了一座水晶宫殿，

在"眸冷骨累"（melancholy）的河水边；

河流流不尽骨累眸冷，

还夹着些些残枝断梗，

一声声失群雁的悲鸣，

水晶宫朝朝暮暮反映——

映出悲哀，飘零，眸子吟，

无聊，宇宙，灰色的人生，

你独生在宫中，

青年呀，霉朽了你冠上的黄金！

青年！

你为什么迟徊于梦境？

你为什么迷恋于梦境？

你幸而为今世的青年，

你的心是自由梦魂心，

你抛弃你尘秽的头巾，

解脱你肮脏的外内衿，

露出赤条条的洁白身，

跃入缥缈的梦潮清冷，

浪势奔腾，侧眼波罅里，

看朝彩晚霞，满天的星，——

梦里的光景，模糊，绵延，

却又分明；梦魂，不愿醒，

为这大自在的无终始，

任凭长鲸吞噬，亦甘心。

青年！

你为什么醉心于革命，

你为什么牺牲于革命？

黄河之水来自昆仑巅，

泛流华族支离之遗骸，

挟黄沙莽莽，沉郁音响，

苍凉，惨如鬼哭满中原！

华族之遗骸！浪花汤处，

尚可认伦常礼教，祖先，

神主之断片；——君不见

两岸遗孽，枉戴着忠冠，

孝辫，抱缺守残，泪眼看

风云暗淡，"道丧"的人间！

运也！这狂澜，有谁能挽，

问谁能挽精神之狂澜？

春

　　康河右岸皆学院，左岸牧场之背，榆荫密覆，大道迂回，一望葱翠，春尤浓郁，但闻虫声鸟语，校舍寺塔掩映林巅，真胜处也。迩来草长日丽，时有情耦隐卧草中，密话风流。我常往及其间，辄成左作。

河水在夕阳里缓流，
春霞胶抹树干树头；
蚱蜢飞，蚱蜢戏吻草光光，
我在春草里看看走走。

蚱蜢匍伏在铁花胸前，
铁花羞得不住的摇头，
草里忽伸出只藕嫩的手，
将孟浪的跳虫拦腰紧拶。

金花菜，银花菜，星星澜澜，
点缀着天然温暖的青毡，
青毡上青年的情耦，
情意胶胶，情话啾啾。

我点头微笑，南向前走，
观赏这青诱春透的园囿。
树尽交柯，草也骈偶，
到处是缱绻，是绸缪。

雀儿在人前猥盼亵语，
人在草处心欢面赧，
我羡他们的双双对对，
有谁羡我孤独的徘徊？

孤独的徘徊，
我心须何尝不热奋震颤，
答应这青春的呼唤，
燃点着希望灿灿，
春呀！你在我怀抱中也！

地中海

海呀！你宏大幽秘的音息，不是无因而来的！

　　这风稳日丽，也不是无因而然的！

这些进行不歇的波浪，唤起了思想同情的反应——涨，

　　落——隐，现——去，来……

无数量的浪花，各各不同，各有奇趣的花样，——

　　一树上没有两张相同的叶片，

　　天上没有两朵相同的云彩。

地中海呀！你是欧洲文明最老的见证！

庞大的帝国，曾经一再笼卷你的两岸；

霸业的命运，曾经再三在你酥胸上定夺；

无数的帝王，英雄，诗人，僧侣，寇盗，商贾，曾经在你

怀抱中得意，失志，灭亡；

无数的财货，牲畜，人命，舰队，商船，渔艇，曾经沉入

　你的无底的渊壑；

无数的朝彩晚霞，星光月色，血腥，血糜，曾经浸染涂糁

　你的面庞；

无数的风涛，雷电，炮声，潜艇，曾经扰乱你平安的居处；

屈洛安城焚的火光，阿脱洛庵家的惨剧，

沙伦女的歌声，迦太基织女被掳过海的哭声，

维雪维亚炸裂的彩色，

尼罗河口，铁拉法尔加唱凯的歌音……

都曾经供你耳刹那的欢娱。

历史来，历史去；

　埃及，波斯，希腊，马其顿，罗马，西班牙——

　至多也不过抵你一缕浪花的涨歇，一茎春花的开落！

但是你呢——

　依旧冲洗着欧非亚的海岸，

　依旧保存着你青年的颜色，

　（时间不曾在你面上留痕迹。）

　依旧继续着你自在无挂的涨落，

　依旧呼啸着你厌世的骚愁，

依旧翻新着你浪花的样式，——

这孤零零地神秘伟大的地中海呀！

马 赛

马赛，你神态何以如此惨淡？

　　空气中仿佛释透了铁色的矿质，

　　你拓臂环拥着的一湾海，也在迟重的阳光中，

　　　　沉闷地呼吸；

一涌青拨，一峰白沫，一声呜咽；

地中海呀！

　　你满怀的牢骚，

　　恐只有蟠白的阿尔帕斯——永远

　　　　自万尺高处冷眼下瞰——深浅知悉。

马赛，你面容何以如此惨淡？

这岂是情热猖獗的欧南？

看这一带山岭，筑成天然城堡，

雄闳沉着，

一床床的大灰岩，

一丛丛的暗绿林，

一堆堆的方形石灰屋——

光土毛石的尊严，

朴素自然的尊严，

淡净颜色的尊严——

无愧是水让（ceganne）神感的故乡，

廊大艺术灵魂的手笔！

但普鲁冈司情歌缠绵真挚的精神，

在黑暗中布植文艺复兴种子的精神，

难道也深隐在这些岩片杂草的中间，

惨雾淡抹的中间？

马赛，你惨淡的神情，

　倍增了我别离的幽感，别离欧土的怆心；

我爱欧化，然我不恋欧洲；

此地景物已非，不如归去；

家乡有长梗菜饭，米酒肥羔，
此地景物已非，不堪存想。
我游都会繁庶，时有踯躅墟墓之感。
在繁华声色场中，有梦亦多恐怖：
我似见莱茵河边，难民麋伏，
冷月照鸠面青肌，凉风吹襁褛衣结，
柴火几星，便鸡犬也噤无声音；

又似身在咖啡夜馆中，
烟雾里酒香袂影，笑语微闻，
场中有裸女作猥舞，
场背有黑面奴弄器出淫声；

百年来野心迷梦，已教大战血潮冲破；
如今凄惶遍地，兽性横行；
不如归去，此地难寻干净人道，
此地难得真挚人情，不如归去！

秋月呀

秋月呀！

谁禁得起银指尖儿

浪漫地搔爬呵！

不信但看那一海的轻涛，可不是禁不住它玉指的抚摩，

　在那里低徊饮泣呢！就是那

无聊的熏烟，

秋月的美满，

熏暖了飘心冷眼，

也清冷地穿上了轻缟的衣裳，

来参与这

美满的婚姻和丧礼。

你是谁呀

你是谁呀？

面熟得很，你我曾经会过的，

但在那里呢，竟是无从记起；

是谁引你到我密室里来的？

你满面忧怅的精神，你何以

默不出声，我觉得有些怕惧；

你的肤色好比干蜡，两眼里

泄露无限的饥渴；呀！他们在

迸泪，鲜红，枯干，凶狠的眼泪，

胶在睫帘边，多可怕，多凄惨！

——我明白了：我知晓你的伤感，

憔悴的根源；可怜！我也记起，

依稀，你我的关系像在这里，

那里，云里雾里，哦，是的是的！

但是再休提起；你我的交谊，

从今起，另辟一番天地，是呀，

另辟一番天地；再不用问你

——我希冀——"你是谁呀"？

私　语

秋雨在一流清冷的秋水边，

一棵憔悴的秋柳里，

一条怯懦的秋枝上，

一片将黄未黄的秋叶上，

听他亲亲切切喁喁唼唼，

私语三秋的情思情事，情语情节，

临了轻轻将他拂落在秋水秋波的秋晕里，

一涡半转，跟着秋水流去。

这秋的私语，秋的情思情事，

情诗情节，已掉落在秋水秋波的秋晕里，一涡半转，

跟着秋水流去。

一九二二年七月二十一日作

小　诗

月，我含羞地说，
请你登记我冷热交感的情泪，
在你专登泪债的哀情录里；

月，我哽咽着说，
请你查一查我年表的滴滴清泪，
是放新账还是清旧欠呢？

梦游埃及

龙舟画桨

　　地中海海乐悠扬；

浪涛的中心

　　有丑怪奋斗汹张；

一轮漆黑的明月，

滚入了青面的太阳——

　　青面白发的太阳；

太阳又奔赴涛心，将海怪

　　浇成奇伟的偶像；

大海化成了大漠；

开佛伦王的石像

　　　危峙在天地中央；

张口把太阳吃了

　　　遍体发骇人的光亮；

巨万的黄人黑人白人

　　　蠕伏在浪涛汹涌的地面；

金刚般的勇士

　　　大倘步走上了人堆；

人堆里咬咬的怪响

　　　不知是悲切是欢畅；

勇士的金盔金甲

　　闪闪发亮

　　烨烨生火；

顷刻大火蟠蟠，火焰里有个

伟丈夫端坐；

　　像菩萨，

　　像葛德，

　　像柏拉图，

坐镇在男士们头颅砌成的

莲台宝座；

一阵骇人的金电，——

这人宝塔又变形为

  大漠里清静静地

  一座三角金字塔：

  一个个金字，都是

   放焰的龙珠；

塔像一只高背的骆驼，

  驮着个不长不短的

人魔——他睁着怪眼大喊道：——

  "奴隶的人间，可曾看出

  此中的消息呀？"

威尼市

我站在桥上，

这甜熟的黄昏，

远处来的箫声和琴音——点儿、线儿，

圆形、方形、长形，

尽是灿烂的黄金，

倾泻在波涟里，

澄蓝而凝匀。

歌声，游艇，

灯烛的辉莹，

梦寐似生，

——绌缊——

幻景似消泯，

在流水的胸前——
鲜妍，绻缱——
流，流，
流入沉沉的黄昏，

我灵魂的弦琴，
感受了无形的冲动，
怔忡，惺忪，
悄悄地吟弄，
一支红朵蜡的新曲，
出咽的香浓；
但这微妙的心琴哟，
有谁领略，
有谁能听！

夏日田间即景（近沙士顿）

柳林青青，

南风熏熏，

幻成奇峰瑶岛，

一天的黄云白云，

那边麦浪中间，

有农妇笑语殷殷。

笑语殷殷——

问后园豌豆肥否，

问杨梅可有鸟来偷；

好几天不下雨了，

玫瑰花还未曾红透；

梅夫人今天进城去，

且看她有新闻无有。

笑语殷殷——

"我们家的如今好了

已经照常上工去，

不再整天无聊，

不再逞酒使气，

回家来有说有笑，

疼他儿女——爱他妻；

呀！真巧！你看那边，

蓬着头，走来的，笑嘻嘻，

可不是他，（哈哈）！满身是泥！"

南风熏熏，

草木青青，

满地和暖的阳光，

满天的白云黄云，

那边麦浪中间，

有农夫农妇，笑语殷殷。

夜

一

夜，无所不包的夜，我颂美你！

夜，现在万象都像乳饱了的婴孩，在你大母温柔的怀抱中眠熟。

一天只是紧叠的乌云，像野外一座帐篷，静悄悄的，静悄悄的；

河面只闪着些纤微，软弱的辉芒，桥边的长梗水草，黑沉沉的像几条烂醉的鲜鱼横浮在水上，任凭惫懒的柳条，在他们的肩尾边撩拂；

对岸的牧场，屏围着墨青色的榆荫，阴森森的，像一座镂空的古墓；那边树背光芒，又是什么呢？

我在这沉静的境界中徘徊，在凝神地倾听……听不出青林的夜乐，听不出康河的梦呓，听不出鸟翅的飞声；

我却在这静谧中，听出宇宙进行的声息，黑夜的脉搏与呼吸，听出无数的梦魂的匆忙踪迹；

也听出我自己的幻想，感受了神秘的冲动，在豁动他久敛的羽翮，准备飞出他沉闷的巢居，飞出这沉寂的环境，去寻访

黑夜的奇观，去寻访更玄奥的秘密——

听呀，他已经沙沙的飞出云外去了！

二

一座大海的边沿，黑夜将慈母似的胸怀，紧贴住安息的万象；

波澜也只是睡意，只是懒懒向空疏的沙滩上洗淹，像一个小沙弥在瞌睡地撞他的夜钟，只是一片模糊的声响。

那边岩石的面前，直竖着一个伟大的黑影——是人吗？

一头的长发，散披在肩上，在微风中颤动；

他的两肩，瘦的，长的，向着无限的天空举着，——

他似在祷告，又似在悲泣——

是呀，悲泣——

海浪还只在慢沉沉的推送——

看呀，那不是他的一滴眼泪？

一颗明星似的眼泪，掉落在空疏的海砂上，落在倦懒的浪头上，落在睡海的心窝上，落在黑夜的脚边—— 一颗明星似的眼泪！

一颗神灵，有力的眼泪，仿佛是发酵的酒酿，作炸的引火，霹雳的电子；

他唤醒了海，唤醒了天，唤醒了黑夜，唤醒了浪涛——真伟大的革命——

霎时地扯开了满天的云幕，化散了迟重的雾气，

纯碧的天中，复现出一轮团圆的明月，

一阵威武的西风，猛扫着大海的琴弦，开始，神伟的音乐。

海见了月光的笑容，听了大风的呼啸，也像初醒的狮虎，摇摆咆哮起来——

霎时地浩大的声响，霎时地普遍的猖狂！

夜呀！你曾经见过几滴那明星似的眼泪？

三

到了二十世纪的不夜城。

夜呀，这是你的叛逆，这是恶俗文明的广告，无耻，淫猥，残暴，肮脏，——表面却是一致的辉耀，看，这边是跳舞会的尾声，

那边是夜宴的收梢，那厢高楼上一个肥狠的犹大，正在奸污他钱掳的新娘；

那边街道转角上，有两个强人，擒住一个过客，一手用刀割断他的喉管，一手掏他的钱包；

那边酒店的门外，麇聚着一群醉鬼，蹒跚地在秽语，狂歌，

音似钝刀刮锅底——

幻想更不忍观望，赶快的掉转翅膀，向清净境界飞去。

飞过了海，飞过了山，也飞回了一百多年的光阴——

他到了"湖滨诗侣"的故乡。

多明净的夜色！只淡淡的星辉在湖胸上舞旋，三四个草虫叫夜；

四围的山峰都把宽广的身影，寄宿在葛濑士迷亚柔软的湖心，沉酣的睡熟；

那边"乳鸽山庄"放射出几缕油灯的稀光，斜偻在庄前的荆篱上；

听呀，那不是罪翁吟诗的清音——

The poets who in earth have made us heirs of truth a pure delight

　　by heavenly lays!

Oh! Might my name be numbcrd among theirs,

The glady would end my mortal days!

诗人解释大自然的精神，

美妙与诗歌的欢乐，苏解人间爱困！

无羡富贵，但求为此高尚的诗歌者之一人，

便撒手长暝，我已不负吾生。

我便无憾地辞尘埃，返归无垠。

他音虽不亮，然韵节流畅，证见旷达的情怀，一个个的音符，都变成了活动的火星，从窗棂里点飞出来！飞入天空，仿佛一串莺灯，凭彻青云，下照流波，余音洒洒的惊起了林里的栖禽，放歌称叹。

接着清脆的嗓音，又不是他妹妹桃绿水（Dorothy）的？

呀，原来新染烟癖的高柳列奇（Coleridge）也在他家作客，三人围坐在那间湫隘的客室里，壁炉前烤火炉里烧着他们早上在园里亲劈的栗柴，在必拍的作响，铁架上的水壶也已经滚沸，嗤嗤有声：

To sit without emotion, hope or aim in the loved presence of my cottage fire, and listen to the flapping of the flame or kettle whispering its faint undersong.

坐处在可爱的将息炉火之前，

无情绪的兴奋，无冀，无筹营，

听，但听火焰，飖摇的微喧，

听水壶的沸响，自然的乐音。

夜呀，像这样人间难得的纪念，你保存了多少……

四

他又离了诗侣的山庄，飞出了湖滨，重复逆溯着汹涌的时潮，到了几百年前海岱儿堡（Heidelberg）的一个跳舞盛会。

雄伟的赭色宫堡一体沉浸在满目的银涛中，山下的尼波河（Nubes）在悄悄的进行。

堡内只是舞过闹酒的欢声，那位海量的侏儒今晚已喝到第六十三瓶啤酒，嚷着要吃那大厨里烧烤的全牛，引得满庭假发粉面的男客、长裙如云女宾，哄堂的大笑。

在笑声里幻想又溜回了不知几十世纪的一个昏夜——

眼前只见烽烟四起，巴南苏斯的群山点成一座照彻云天大火屏，

远远听得呼声，古朴壮硕的呼声——

"阿加孟龙打破了屈次奄，夺回了海伦，现在凯旋回雅典了，希腊的人民呀，大家快来欢呼呀！——

——阿加孟龙，王中的王！"

这呼声又将我幻想的双翼，吹回更不知无量数的世纪，到了一个更古的黑夜，一座大山洞的跟前；

一群男女、老的、少的、腰围兽皮或树叶的原民，蹲踞在一堆柴火的跟前，在煨烤大块的兽肉。猛烈地腾窜的火花，同他们强固的躯体，黔黑多毛的肌肤——

这是人类文明的摇荡时期。

夜呀，你是我们的老乳娘！

五

最后飞出气围，飞出了时空的关塞。

当前是宇宙的大观！

几百万个太阳，大的小的，红的黄的，放花竹似的在无极中激震，旋转——

但人类的地球呢？

一海的星砂，却向哪里找去，

不好，他的归路迷了！

夜呀，你在哪里？

光明，你又在哪里？

六

"不要怕，前面有我。"一个声音说。

"你是谁呀？"

"不必问，跟着我来不会错的。我是宇宙的枢纽，我是光明的泉源，我是神圣的冲动，我是生命的生命，我是诗魂的向导；不要多心，跟我来不会错的。"

"我不认识你。"

"你已经认识我！在我的眼前，太阳，草木，星，月，介壳，鸟兽，各类的人，虫豸，都是同胞，他们都是从我取得生命，都受我的爱护，我是太阳的太阳，永生的火焰；

你只要听我指导，不必猜疑，我叫你上山，你不要怕险；我叫你入水，你不要怕淹；我叫你蹈火，你不要怕烧；我叫你跟我走，你不要问我是谁；

我不在这里；也不在那里，但只随便哪里都有我。若然万象都是空的幻的，我是终古不变的真理与实在；

你方才遨游黑夜的胜迹，你已经得见他许多珍藏的秘密，——你方才经过大海的边沿，不是看见一颗明星似的眼泪吗？——那就是我。

你要真静定，须向狂风暴雨的底里求去；

你要真和谐，须向混沌的底里求去；

你要真平安，须向大变乱，大革命的底里求去；

你要真幸福，须向真痛里尝去；

你要真实在，须向真空虚里悟去；

你要真生命，须向最危险的方向访去；

你要真天堂，须向地狱里守去；

这方向就是我。

这是我的话，我的教训，我的启方；

我现在已经领你回到你好奇的出发处，引起游兴的夜里；

你看这不是湛露的绿草，这不是温驯的康河？愿你再不要多疑，听我的话，不会错的，——我永远在你的周围。"

一九二二年七月康桥

给母亲

母亲，那还只是前天，

我完全是你的，你唯一的儿；

你那时是我思想与关切的中心：

太阳在天上，你在我心里；

每回你病了，妈妈，如其医生们说病重，

我就忍不住背着你哭，

心想着世界的末日就快来了；

那时我再没有更快活的时刻，除了

和你一床睡着，我亲爱的妈妈，

枕着你的臂膀，贴近你的胸膛，

跟着你和平的呼吸放心的睡熟，

正像是一个初离奶的小孩。

但在那二十几年间虽则那样真挚的忠心的爱，

我自己却并不知道；"爱"那个不顺口的字，

那时不在我的口边，

就这先天的一点孝心完全浸没了我的天性与生命。

这来的变化多大呀！

这不是说，真的，我不再爱你，

妈！或是爱你不比早年，那不是实情；

只是我新近懂得了爱，

再不像原先那天真的童子的爱，

这来是成人的爱了；

我，妈的孩子，已经醒起，并且觉悟了

这古怪的生命要求；

生命，它那进口的大门是

一座不灭的烈焰！爱——

谁要领悟着里面的奥妙，

谁要觉着这里面的搏动，

（在我们中间能有几个到死不留遗憾的！）

就得投身进这焰腾腾的门内去——

但是，妈，亲爱的，让我今天明白的招认
对父母的爱，孝，不是爱的全部；
那是不够的，迟早有一天，
这"爱人"化的儿子会得不自主的
移转他那思想与关切的中心，
从他骨肉的来源，
到那唯一的灵魂，
他如今发现这是上帝的旨意
应得与他自己的融合成一体——

自今以后——
不必担心，亲爱的母亲，不必愁，
你唯一的儿子会得在情感上远着你们——
啊不，你应得欢喜，妈妈呀！
因为他，你的儿，从今起能爱，
是的，能用双倍的力量来爱你，
他的忠心只是比先前益发的集中了；
因为他，你的孩儿，已经寻着了快乐，
身体与灵魂，
并且初次觉着这世界还是值得一住的，
他从没有这样想过，

人生也不是过分的刻薄——

他这生来真的得着了他应有的名分，

因此他在感激与欢喜中竟想

赞美人生与宇宙了！

妈呀"我们俩"赤心的，联心的爱你，

真真的爱你，

像一对同胞的稚鸽在睡醒时，

爱白天的清光。

北方的冬天是冬天

北方的冬天是冬天，

满眼黄沙漠漠的地与天；

赤膊的树枝，硬搅着北风先——

一队队敢死的健儿，傲立在战阵前！

不留半片残青，没有一丝黏恋，

只拼着精光的筋骨；凝敛着生命的精液，

耐，耐三冬的霜鞭与雪拳与风剑，

直耐到春阳征服了消杀与枯寂与凶惨，

直耐到春阳打开了生命的牢监，放出一瓣的树头鲜！

直耐到忍耐的奋斗功效见，健儿克敌回家酣笑颜！

北方的冬天是冬天！

满眼黄沙茫茫的地与天；

田里一只呆顿的黄牛，

西天边画出几线的悲鸣雁。

哀曼殊斐儿

我昨夜梦入幽谷，
　　听子规在百合丛中泣血，
我昨夜梦登高峰，
　　见一颗光明泪自天坠落。

古罗马的郊外有座墓园，
　　静偃着百年前客殇的诗骸；
百年后海岱士黑辇之轮，
　　又喧响于芳丹卜罗的青林边。

说宇宙是无情的机械，
　　为甚明灯似的理想闪耀在前？

说造化是真善美之表现，

　　为甚五彩虹不常住天边？

我与你虽仅一度相见——

　　但那二十分不死的时间！

谁能信你那仙姿灵态，

　　竟已朝露似的永别人间？

非也！生命只是个实体的幻梦：

　　美丽的灵魂，永承上帝的爱宠；

三十年小住，只似昙花之偶现，

　　泪花里我想见你笑归仙宫。

你记否伦敦约言，曼殊斐儿！

　　今夏再见于琴妮湖之边；

琴妮湖永抱着白朗矶的雪影，

　　此日我怅望云天，泪下点点！

我当年初临生命的消息，

　　梦觉似的骤感恋爱之庄严；

生命的觉悟是爱之成年，
　　我今又因死而感生与恋之涯沿！

同情是掼不破的纯晶，
　　爱是实现生命之唯一途径：
死是座伟秘的洪炉，此中
　　凝炼万象所从来之神明。

我哀思焉能电花似的飞聘，
　　感动你在天日遥远的灵魂？
我洒泪向风中遥送，
　　问何时能戡破生死之门？

一家古怪的店铺

有一家古怪的店铺，

隐藏在那荒山的坡下；

我们那村里白发的公婆，

也不知他们何时起家。

相隔一条大河，船筏难渡；

有时青林里袅起髻螺，

在夏秋间明净的晨暮——

料是他家工作的烟雾。

有时在寂静的深夜，

狗吠隐约炉捶的声响，

我们忠厚的更夫常见

对河山脚下火光上飏。

是种田钩镰，是马蹄铁鞋，

是金银妙件，还是杀人凶械？

何以永恋此林山，荒野，

神秘的捶工呀，深隐难见？

这是家古怪的店铺，

隐藏在荒山的坡上；

我们村里白发的公婆，

也不知他们何时起家。

青年曲

泣与笑，恋与愿与恩怨，
难得的青年，悠忽的青年，
前面有座铁打的城垣，青年，
你进了城垣，永别了春光！
永别了青年，恋与愿与恩怨！

妙乐与酒与玫瑰，不久住人间，
青年，彩虹不常在天边，
梦里的颜色，不能永葆鲜妍，
你须珍重，青年，你有限的脉搏，
休教幻景似的消散了你的青年！

一小幅的穷乐图

巷口一大堆新倒的垃圾，

大概是红漆门里倒出来的垃圾，

其中不尽是灰，还有烧不烬的煤，

不尽的是残骨，也许骨中有髓，

骨坳里还粘着一丝半缕的肉片，

还有半烂的布条，不破的报纸，

两三梗取灯儿，一半支的残烟；

这垃圾堆还比是个金山，

山上满偻着寻求的黄金者，

一对的褴褛，破烂的布裤蓝袄，

一个两个数不清高掬的臀腰，

有小女孩，有中年妇，有老婆婆，

一手挽着筐子，一手拿着树条，

深深的弯着腰，不咳嗽，不唠叨，

也不争闹，只是向堆里寻捞，

向前捞捞，向后捞捞，两边捞捞，

肩挨肩儿，头对头儿，拨拨挑挑，

老婆婆捡了一块布条，上好的一块布条！

有人专捡煤渣，满地多的煤渣，

妈呀，一个女孩叫道，我捡了一块鲜肉骨头，

　回头熬老豆腐吃，好不好？

一队的褴褛，好比个走马灯儿，

转了过来，又转了过去，又过来了，

有中年妇，有女孩小，有婆婆老，

还有夹在人堆里趁热闹的黄狗几条。

东山小曲

一

早上——太阳在山坡上笑，

　　　　太阳在山坡上叫：——

　看羊的，你来吧，

　　这里有新嫩的草，鲜甜的料，

　　好把你的老山羊，小山羊，喂个滚饱；

　小孩们你们也来吧，

　　这里有大树，有石洞，有蚱蜢，有好鸟，

　　快来捉一会盲藏，豁一阵虎跳。

二

中上——太阳在山腰里笑，

太阳在山坳里叫：——

游山的你们来吧，

这里来望望天，望望田，消消遣，

忘记你的心事，去掉你的烦恼；

叫化子们你们也来吧，

这里来偎火热的太阳，胜如一件棉袄，

还有香客的布施，岂不是妙，岂不是好。

三

晚上——太阳已经躲好，

太阳已经去了：——

野鬼们你们来吧，

黑巍巍的星光，照着冷清清的庙，

树林里有只猫头鹰，半天里有只九头鸟；

来吧，来吧，一齐来吧，

撞开你的头顶板，唱起你的追魂调，

那边来了个和尚，快去要他一个灵魂出窍！

自然与人生

风，雨，山岳的震怒：
　　猛进，猛进！
显你们的猖獗，暴烈，威武，
　　霹雳是你们的酣叫，
　　雷震是你们的军鼓——
万丈的峰峦在涌汹的战阵里
　　失色，动摇，颠簸；
　　猛进，猛进！
这黑沉沉的下界，是你们的俘虏！

壮观！仿佛是跳出了人生的关塞，
凭着智慧的明辉，回看

这伟大的悲惨的趣剧，在时空

无际的舞台上，更番的演着：——

我驻足在岱岳的顶巅，

在阳光朗照着的顶巅，俯看山腰里

蜂起的云潮敛着，叠着，渐缓的

淹没了眼下的青峦与幽壑；

霎时的开始了，骇人的工作。

风，雨，雷霆，山岳的震怒——

　　猛进，猛进！

矫捷的，猛烈的：吼着，打击着，咆哮着；

烈情的火焰，在层云中狂窜：

恋爱，嫉妒，咒诅，嘲讽，报复，牺牲，烦闷，

　　疯犬似的跳着，追着，嗥着，咬着，

毒蟒似的绞着，翻着，扫着，舐着——

　　猛进，猛进！

狂风，暴雨，电闪，雷霆：

　　烈情与人生！

静了，静了——

不见了晦盲的云罗与雾锢，

只有轻纱似的浮沤，在透明的晴空，

冉冉的飞升，冉冉的翳隐，

像是白羽的安琪，捷报天庭。

静了，静了，——

眼前消失了战阵的幻景，

回复了幽谷与冈峦与森林，

青葱，凝静，芳馨，像一个浴罢的处女，

忸怩的无言，默默的自怜。

变幻的自然，变幻的人生，

瞬息的转变，暴烈与和平，

刿心的惨剧与怡神的宁静：——

谁是主，谁是宾，谁幻复谁真？

莫非是造化儿的诙谐与游戏，

恣意的反复着涕泪与欢喜，

厄难与幸运，娱乐他的冷酷的心，

与我在云外看雷阵，一般的无情？

留别日本

我惭愧我来自古文明的乡国，

　　我惭愧我脉管中有古先民的遗血，

我惭愧扬子江的流波如今涸浊，

　　我惭愧——我面对着富士山的清越！

古唐时的壮健常萦我的梦想：

　　那时洛邑的月色，那时长安的阳光；

那时蜀道的啼猿，那时巫峡的涛响；

　　更有那哀怨的琵琶，在深夜的浔阳！

但这千余年的痿痹，千余年的懵懂：

　　更无从辨认——当初华族的优美、从容！

摧残这生命的艺术，是何处来的狂风？——
　　缅念那遍中原的白骨，我不能无恫！

我是一枚飘泊的黄叶，在旋风里飘泊，
　　回想所从来的巨干，如今枯秃，
我是一颗不幸的水滴，在泥潭里匍匐——
　　但这干涸了的涧身，亦曾有水流活泼。

我欲化一阵春风，一阵吹嘘生命的春风，
　　催促那寂寞的大木，惊破他深长的迷梦；
我要一把倔强的铁锹，铲除淤塞与臃肿，
　　开放那伟大的潜流，又一度在宇宙间汹涌。

为此我羡慕这岛民依旧保持着往古的风尚，
　　在朴素的乡间想见古社会的雅驯、清洁、壮旷；
我不敢不祈祷古家邦的重光，但同时我愿望——
　　愿东方的朝霞永葆扶桑的优美，优美的扶桑！